Marlene und das Krokodil

Christiane Gibiec • Sarah Bradenbrink

Edition Köndgen

Seit Marlene ein kleines Baby war, ging sie fast jede Woche mit ihrer Oma in den Wuppertaler Zoo. Besonders gerne besuchten sie Kroki und Knorpi, die beiden Krokodile mit der ledrigen, knorpeligen Haut, die träge in ihrem Wasserbecken im Aquarium lagen. Sie lebten hinter dicken Glaswänden, und die Oma ermahnte Marlene immer mit streng hochgerecktem Zeigefinger, dass Krokodile gefährlich und sehr stark seien. Manchmal klappten die Krokodile ihre riesigen Mäuler mit den spitzen Zähnen ganz weit auf und ließen sie lange offen stehen, es sah aus, als würden sie die ganze Zeit gähnen. Auch Marlene riss dann ihren Mund auf, so weit es ging, und klappte ihn erst zu, wenn das auch die Krokodile taten.

Kurz nach Marlenes sechstem Geburtstag ruderte plötzlich ein kleines Krokodilbaby mit kurzen Beinchen in einem Extrabecken herum. Es hatte noch ganz helle, zarte Haut und war nicht so schrumpelig wie seine Eltern. Marlenes Oma war entzückt und las auf einem Zettel: „Aus dem Ei geschlüpft am 2. Mai, stell dir vor, Marlene, genau an deinem Geburtstag. Wie wollen wir es nennen?"

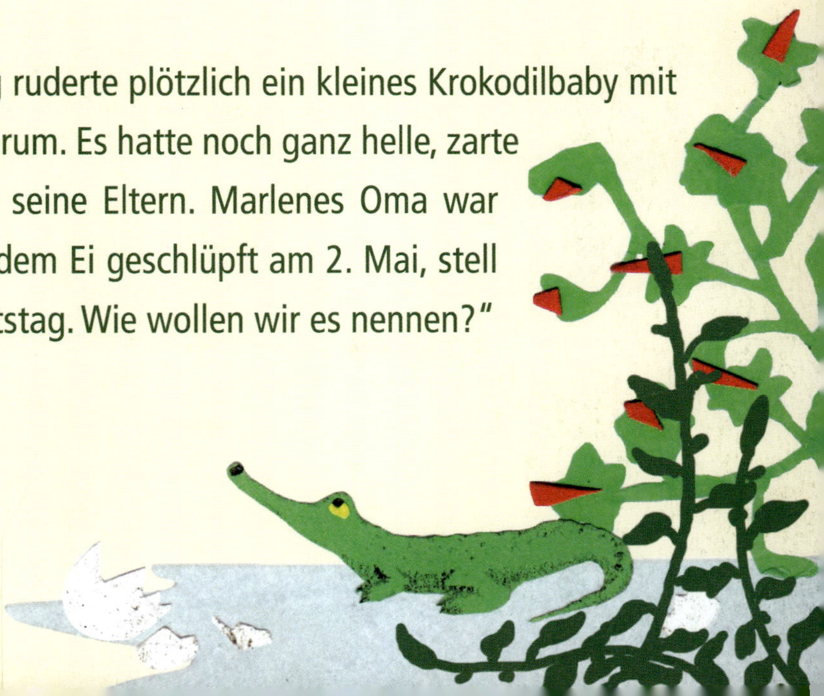

Aber bevor Marlene antworten konnte, kam eine Schulklasse herein. Plötzlich wimmelte es nur so vor Kindern. Die Oma drehte sich zu ihnen um und im nächsten Moment saß Marlene nicht mehr auf ihrem Platz. Die Oma bekam einen knallroten Kopf und begann, aufgeregt durch das Aquarium zu laufen. Wo war Marlene? War sie etwa zu den Krokodilen hineingegangen, um das Baby zu streicheln? Wusste sie denn nicht, wie gefährlich das war? Je länger die Oma Marlene suchte, desto größer wurde ihre Angst.

Jetzt betrat ein Tierwärter mit lustigen Augen und einem Eimer in der Hand das Krokodilaquarium. Hinter ihm blitzte der rote Anorak von Marlene hervor. Dicke Steine purzelten von Omas Herzen. „Ich darf das Krokodilbaby füttern," piepste Marlene und hüpfte vor Freude, „und der Peter hat gesagt, dass es heute getauft wird, ich darf den Namen aussuchen." Marlene nahm kleine Fischchen aus dem Eimer des Tierpflegers und warf sie ins Wasserbecken.

Plötzlich war Marlene schon wieder verschwunden. Die Oma lief zum Tigergehege und da überfiel sie ein furchtbarer Schreck. Marlene saß im Gehege und spielte mit den Tigerbabys, die Tigermutter schaute zu.
„Guck mal, wie süß die sind. Ich bin aus Versehen bei den Tigern reingeplumpst," rief Marlene der Oma zu, „eigentlich wollte ich zu den Elefanten."
„Warte, ich hole dich raus," keuchte die Oma und begann an der hohen, glatten Mauer vor dem Tigergehege hochzuklettern, rutschte aber immer wieder herunter. „Die Babys beißen nicht," beruhigte Marlene die Oma, „sie sind lieb."

Die Tigermutter sah interessiert herüber. Marlene schleuderte ihr ihren Schuh entgegen, den die Tigerin mit einem Happs verschlang. Dann kam sie heran und schnüffelte an Marlene, die die Luft anhielt und versuchte, genau so ein Gesicht wie das Tigerbaby zu machen. Sie betete, die Tigermutter möge sie für ein Geschwisterchen ihres Babys halten, und sie hatte Glück, das Raubtier schnurrte friedlich.

Die Oma flehte, Marlene solle schnell herauskommen, aber die Tigermutter fauchte und packte mit den Zähnen Marlenes Hose. Marlene wagte nicht, sich zu bewegen.

Da riss die Oma blitzschnell die Tür des Käfigs auf und gab der Tigermutter, die ihr ihren gestreiften Rücken zuwandte, mit der Handkante einen scharfen Schlag hinter die Ohren. Das Raubtier fiel sofort um. Marlene streckte anerkennend den Daumen hoch und rief: „Gut, Oma, dass du den Karatekurs in der Volkshochschule gemacht hast!" „Bloß raus hier," keuchte die Oma. Sie griff nach ihrer Handtasche und sah, dass das Krokodilbaby darin schlief, Marlene musste es heimlich hineingesteckt haben.

Schnell liefen sie zusammen in Richtung Elefantenhaus, wo die Elefanten im Außengehege eine Parade machten. Sie hatten mit den Rüsseln die Schwänze des Vordermannes gefasst und zockelten im Kreis hintereinander her.
Marlene kletterte auf den Rücken des Leitbullen und zog die Oma mitsamt dem Krokodilbaby in der Handtasche hinterher. Sie machten es sich auf dem breiten grauen Rücken bequem, und dann begann der Elefantenritt von Oma und Marlene durch den Zoo.

Zuerst schwankten sie an den Lamas vorbei. Marlene streckte ihnen die Zunge raus und wurde – pschschscht – von einem Spuckestrahl mitten ins Gesicht getroffen. Als sie am Teich vorbeikamen, sahen sie, wie eine ganze Schulklasse zwischen den Enten herumschwamm.

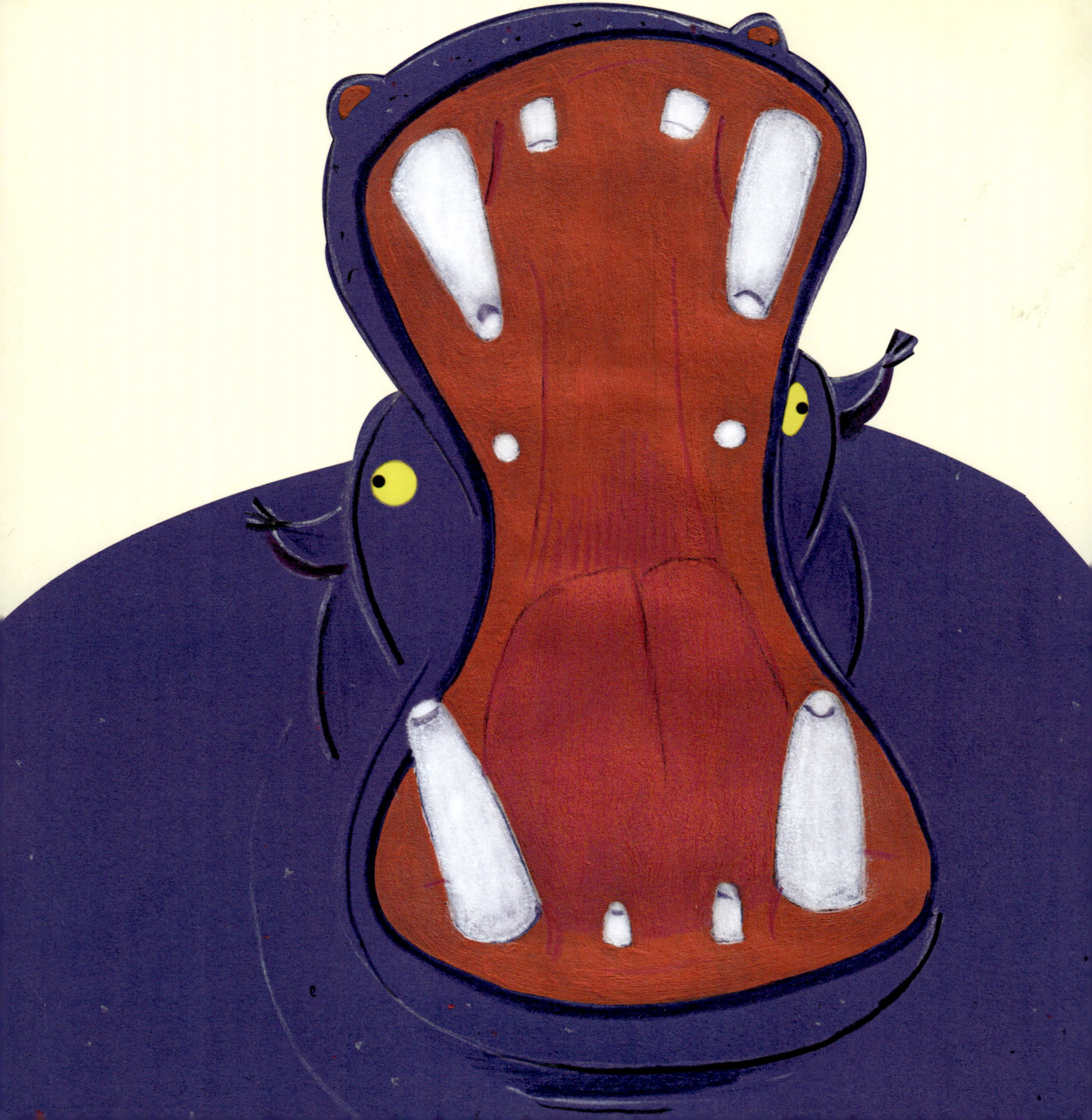

„Was für ein verrückter Tag," murmelte die Oma, „so was habe ich ja noch nie erlebt." Sie kamen zum Becken des Nilpferdes, das mit einem Schnaufer aus dem Wasser hochkam und seine riesigen Zähne zeigte.

Die Oma wusste nicht mehr ein noch aus, ausgerechnet jetzt musste sie pinkeln. Sie beschloss, es im Wasser zu machen und rutschte am Hals des Elefanten hinunter. Vorsichtig schlich sie sich an den Beckenrand und hockte sich hin, da drehte ihr das Nilpferd seinen Hintern zu und pupste ihr mitten ins Gesicht. Es stank entsetzlich und die Oma bekam kaum noch Luft.
Schnell zog Marlene sie wieder hoch auf den Elefanten und sie ritten weiter zu den Bibern, die mit ihrem Biberbaby spielten. „Was könnt ihr am besten?" fragte Marlene sie. „Bäume fällen und schwimmen," riefen die Biber und nagten an einem Baumstamm.

Die Lamas hatten mit einem Weitspuckwettbewerb begonnen und versuchten, die Wärter zu treffen.
Auf einmal kamen Polizisten und liefen schnurstracks zum Gehege der Erdmännchen, Marlene lenkte den Elefanten hinterher. Die Erdmännchen standen empört auf ihren Hinterbeinen, weil die Polizisten ihren Anführer verhafteten.

„Nur weil er eine Fliege verschluckt hat,“ riefen sie im Chor.

Nun rutschte Marlene vom Elefantenrücken und lief zu den Papageien, denen sie Futter hinstreute. Sie kitzelte sie mit einem Stöckchen, die Papageien kreischten und es klang, als würden sie lachen. Marlene kletterte auf einen Ast des Papageienbaumes und machte die Vögel nach, dann setzte sie sich auf den Rücken eines Papageis, der mit ihr davonflog. Ein weiterer Vogel nahm auch Oma und das Krokodilbaby mit in die Luft. Ein Stück weiter flogen ein Gepard, ein Seestern, ein Löwe, ein Gorilla, zwei Riesenschmetterlinge und plötzlich auch die ganze Elefantenherde mit gestreckten Rüsseln.

ZOOLOGISCHER GARTEN

Die Oma flog auf dem Papageienrücken eine Runde über den Zoo, dann landete sie gleichzeitig mit dem Löwen und dem Gorilla in der Wupper.

Dort schwammen lauter Delfine, auch Marlene war schon angekommen, die ihnen Bälle zuwarf. Als die Oma landete, begann Marlene, sie mit Matschkugeln zu bewerfen. Aber die Oma winkte erschöpft ab. „Hör auf, hör auf, ich kann nicht mehr!" Ihre Stimme war ganz schwach. „Komm, wir bringen die Tiere zurück und gehen nach Hause."

Als sie zum Elefantengehege zurückkamen, waren einige der Dickhäuter durchgedreht und die Polizisten versuchten gerade, ihnen Fußfesseln anzulegen. Ein Stück weiter bekam das Lama Timon, das beim Weitspuckwettbewerb sage und schreibe sechsunddreißig Wärter getroffen hatte, den Pokal überreicht.

Die Oma hatte einen Schwächeanfall und konnte gerade noch auf eine Bank sinken. Schon wieder hatte sie Marlene aus den Augen verloren.

Sie lief schnell zum Krokodilaquarium. Da stand Marlene im Becken der großen Krokodile mit jeweils einem Fuß auf den Rücken von Kroki und Knorpi, lachte laut und ließ sich von ihnen hin- und herkicken.

Die Oma nahm das Babykrokodil aus ihrer Handtasche, setzte es in sein Becken zurück und sagte energisch: „Schluss jetzt, das Baby bleibt hier und wir gehen nach Hause, das wird mir hier alles zu bunt."

1

Unterwegs kaufte sie Marlene ein Eis, zu Hause konnte sie sich endlich einen schönen Kaffee kochen. Welch himmlische Ruhe, dachte sie. Aber sie hatte sich zu früh gefreut, denn plötzlich waren alle Tiere wieder da und fingen an zu tanzen. Der Affe kletterte an den Gardinen hoch, das Nashorn rammte mit seinem Horn Omas Schranktür, die zersplitterte. Auch der Tierpfleger Peter war wieder da mit seinen lustigen Augen. Der Papagei machte ihm einen Klecks auf den Kopf und Peter schämte sich. Die Tiere und Marlene hielten sich den Bauch vor Lachen.

Dann holte Marlene aus ihrer Anoraktasche vorsichtig ein Krokodilei heraus und öffnete es. Darin lag zusammengekringelt das Babykrokodil. „Mein neues Kuscheltier,“ sagte sie stolz.

„Halt, halt,“ schrie die Oma,

„genug, genug Marlene!“

„Was ist los Oma," hörte sie plötzlich Marlenes Stimme, „warum schreist du so? Bist du etwa eingeschlafen?" Die Oma setzte sich verwirrt auf. Wo war sie nur? Tatsächlich war sie auf der Bank im Krokodilhaus eingeschlafen. „Meine Güte, ich hatte vielleicht einen Traum," sagte sie verwirrt zu Marlene, „der war so verrückt, das kannst du dir nicht vorstellen. Ich bin fix und fertig."
Marlene lief zum Becken des Babykrokodils. „Ich habe mir einen Namen ausgedacht," rief sie, „es soll John heißen. Und ich wünsche mir ganz ganz doll ein Babykrokodil zum Geburtstag. Bitte, bitte Oma, du musst mir helfen, Mama zu überreden, es ist so süß."
„Um Himmels willen, ein Krokodil in der Wohnung, das wäre ja noch schöner," sagte die Oma streng, „wo gibt's denn so was."

Sie nahm Marlene fest an die Hand, damit sie ihr nicht mehr entwischen konnte. In der Tür drehte Marlene sich noch einmal um und winkte zum Abschied Kroki, Knorpi und dem Baby zu, die regungslos und mit weit aufgerissenen Mäulern in ihren Becken lagen.

Das Marlene-Lied

(zu singen nach der Volksweise „Die Vogelhochzeit“)

Marlene und das Krokodil
mit denen machen wir ein Spiel
Refrain:
Fiderallala, Fiderallala, Fiderallalalala

Da ist sie einfach abgehaun
für Oma ist's ein böser Traum
Ref.

Wo ist Marlene nur, oh Graus,
die Oma flippt nun völlig aus
Ref.

Die Lamas ja die spucken weit
die Wärter stehen schon bereit
Ref.

Die Oma muss mal schnell aufs Klo
das Nilpferd beißt ihr in den Po
Ref.

Der Tiger frisst Marlenes Schuh
verschluckt sich aber hu hu huh
Ref.

Marlene tauft das Krokodil
aber die Oma kriegt zu viel
Ref.

Marlene denkt, die Oma pennt
und plötzlich sieht sie, wie sie rennt
Ref.

Es beißt Marlene in den Bauch
die Oma schreit, Marlene auch
Ref.

Marlene kommt nach Haus und sieht
das Nashorn auf der Oma kniet
Ref.

Die Oma zitterte gar sehr
die Tiere wurden immer mehr
Ref.

Zum Glück war alles nur ein Traum
Marlene ist nicht abgehaun
Ref.

Nachwort

Die Geschichte „Marlene und das Krokodil" entstand aus einem Erzählprojekt, das ich zwischen 2005 und 2012 mit einem guten Dutzend Grundschulklassen aus Hagen und Wuppertal durchgeführt habe. Die Grundidee war, den Kindern eine Situation mit dramatischem Potenzial vorzugeben, von der aus sie frei fabulieren und spinnen konnten, ohne sich durch die handwerkliche Umsetzung beschränkt zu fühlen.
Ich gab den Anfang der Geschichte vor bis zu der Stelle, wo Marlene verschwindet. Die Kinder erzählten, was weiter passiert, sie wurden ermuntert, ihrer Fantasie freien Lauf und die sogenannte Vernunft außen vor zu lassen.

Ich notierte die Einfälle der Kinder, schrieb die Geschichten zu Hause auf und formatierte sie im Computer zu Buchseiten, die die Kinder im zweiten Teil des Workshops in Schulhefte klebten. Sie gestalteten die Titelseiten ihrer Bücher und malten Illustrationen, reimten – eine kleine Anregung genügte – immer neue Strophen des Marlene-Liedes und schmetterten es begeistert nach der Melodie der „Vogelhochzeit".
Beim Vorlesen „ihrer" Geschichte entpuppten sich viele Kinder als wahre Meister und lasen plötzlich so flüssig und konzentriert, dass auch die Lehrer staunten.

Auf welche Höllenritte durch den Wuppertaler Zoo, in welche wilden und fantastischen Abenteuer die Kinder Oma, Marlene, das Krokodil und die anderen Zootiere schickten, ist in diesem Buch aus dem reichhaltigen Material der vielen Einzelgeschichten zusammengestellt. Der Text, in den ich nur editierend eingegriffen habe, ist ein Beweis für die dramaturgische Sicherheit der Kinder, ihr starkes Gefühl für Pointen und ihren instinktiven Witz.

Die Workshops an Hagener Grundschulen führte ich im Rahmen des vom Kulturamt in Hagen veranstalteten Leseförderungsprojektes „Pixiekits" durch. Die Wuppertaler Workshops wurden von der Autorengemeinschaft „Literatur im Tal im VS" veranstaltet und von der Dr. Werner Jackstädt-Stiftung gefördert.

Ich danke der wirklichen Marlene, meiner wunderbaren Enkeltochter, für diese Figur.
Christiane Gibiec, März 2012

Edition Köndgen

Christiane Gibiec, Jahrgang 1949, Autorin, Journalistin, Dozentin und Filmemacherin, Verfasserin zahlreicher Romane und Sachbücher. Lehrauftrag an der Bergischen Universität. Seit 2005 literarische Erzählprojekte in allen Schulstufen, vor allem Grundschulen.

Sarah Bradenbrink, Jahrgang 1986, Illustratorin, Studium Kommunikationsdesign an der Bergischen Universität Wuppertal und der Folkwang Universität der Künste. Seit 2009 selbstständig mit den Arbeitsschwerpunkten: Illustration, Konzeption und experimentelle Gestaltung

Wir danken den Sponsoren Stadtsparkasse Wuppertal und Lions Club Hagen-Mark für die freundliche Unterstützung.

In der Edition Köndgen erscheinen Bücher und Geschenkartikel rund um Wuppertal, Schwelm und das Bergische Land. Die vielfältigen Facetten dieser Region werden darin lebendig präsentiert.

Bibliographische Informationen der Deutschen Bibliothek: Die Deutsche Bibliothek verzeichnet diese Publikation in der Deutschen Nationalbibliographie; detaillierte Daten sind im Internet unter www.dnb.de abrufbar.

1. Auflage 2012, Wuppertal
Deutsche Originalausgabe
Gestaltung: Sarah Bradenbrink, Schwelm
Herstellung: Banholzer Mediengestaltung, Rottweil
Druck: Kessler Druck & Medien, Bobingen
Printed in Germany
ISBN: 978-3-939843-23-8

www.edition.koendgen.de